[글벗시선25] 최경식 시집

# 세월 따라 낙엽처럼

최 경 식 지음

 도서출판 글벗

# 프로필

**청록 최경식 시인**

본명: 최 경 식
필명: 청록 青綠
부산신학대학교. 졸업
낙동강문학 詩부문 문학상수상
40회 국제서화미술대전 특상
한국시민문학협회 고문
한국시민문학연구소 소장
부산시인협회 회원
알바트로스 시낭송회 회원
파라문예 동인
글벗작가회 동인
청옥문학동인회 회장
다음카페:홍빛 시 동행 카페지기
휴대폰:010-3831-0062
e-mail: kyu500@hanmail.net
http:/cafe.daum.net/hongvit5

# 머리말

## 빛을 만나는 인생길

인생의 길은
때론 빛을 만나 하루를 시작하고
끝을 모르듯 흘러가는 아픔과
기쁨이 교차하는 길이다.

잠시 마음에 여유를 얻어
하나씩 모으고 얻는 보람과 재미
그래서 나는 행복하다.

아침에 일어서면
주섬주섬 필기구를 챙겨
출렁이는 파도소리에 침잠하면서
인생을 적어본다.
그리고 일출에서 희망을 읽는다.

어느덧 내 마음은 뜨거움이 밀려온다.

바람에 흔들리는 나무 밑에 앉아
떨어지는 나뭇잎을 바라본다.

처마 끝에 달려 버둥거리는 물방울
짧은 순간에 영롱한 빛을 내듯
낙엽처럼 흩날려 떠나가는 삶

삶의 흔적인 여유를 모았다.
낙엽위에 올려 첫 비행을 시키듯
또 다음호를 생각하며 글을 띄운다

- 청록 최경식 씀

# ■ 차례

머리말　　　　　　　　　　　　　3

## 제1부 그대를 생각하며

1. 가슴에 담은 사랑　　　　　13
2. 가을 여인　　　　　　　　14
3. 가을 마음　　　　　　　　15
4. 가을 손님　　　　　　　　16
5. 가을은 외로움이 온다　　　18
6. 가을 사색　　　　　　　　20
7. 가을이 오면　　　　　　　21
8. 간절곶 새벽　　　　　　　23
9. 갈대　　　　　　　　　　24
10. 겨울 풍경　　　　　　　25
11. 고로쇠나무　　　　　　　27
12. 그대를 생각하며　　　　　28
13. 그대에게　　　　　　　　29
14. 그대와 같이　　　　　　　30
15. 그대와 다짐하며　　　　　32
16. 유채꽃 향기　　　　　　　33
17. 그리운 그대　　　　　　　34
18. 기쁨 저장　　　　　　　　35

19. 꿈 37
20. 세월 따라 낙엽처럼 38

# 제2부 노을빛에 놀다

1. 낙엽처럼 1 41
2. 낙엽처럼 2 42
3. 낙엽처럼 3 43
4. 내가 사랑하고픈 그대 44
5. 내 생이 끝날 때까지 46
6. 노을 속 미소 48
7. 노을빛에 놀다 49
8. 달빛 바다 51
9. 대나무 샛길 52
10. 댓잎의 향기 54
11. 도자기를 빚다 55
12. 동굴 57
13. 동백꽃 59
14. 동백섬 인어상 60
15. 동행 62
16. 동행 길 63
17. 등나무 향기 64
18. 따뜻한 안부 65

19. 마산에서 맺은 인연　　　66
20. 마음의 지표　　　68

# 제3부 세월을 돌아보니

1. 휴가　　　73
2. 목어와 풍경소리　　　75
3. 무상　　　77
4. 미래를 위해　　　79
5. 미묘한 인연　　　80
6. 비 맞은 그대　　　82
7. 비오는 날의 추억　　　84
8. 빨간 홍시　　　86
9. 사랑을 수놓다　　　87
10. 새로운 길　　　88
11. 새벽 해안길　　　90
12. 새벽 소리　　　92
13. 세월　　　93
14. 세월을 돌아보니　　　94
15. 억새밭에서　　　96
16. 영월의 만남　　　97
17. 오늘처럼　　　99

18. 은행나무      101

19. 인생의 맛1      102

20. 인생의 맛2      104

21. 그 인연 따라      106

## 제4부 천년 거울

1. 작은 행복      109

2. 주어진 삶까지      110

3. 천년 거울      112

5. 청옥 빛 따라      113

6. 추억에 저장      114

7. 칼라꿈      116

8. 코스모스꽃을 기다리며      117

9. 코스모스 여인      119

10. 코스모스를 만나면      121

11. 푸른 마음은      123

12. 행복 여행      124

13. 행복 측정      126

14. 가는 길      127

15. 그대의 미소      129

16. 아름다운 소리      130

17. 꾸준한 사랑      131

18. 매화향기                132

19. 바다를 내 것으로      133

20. 새봄에 참꽃           134

21. 봄잔치                135

■ **서평** / 최봉희(시인, 계간 글벗 편집주간)  137

제 1 부

# 그대를 생각하며

# 가슴에 담는 사랑

해가 뜨고 날이 져도
그대를 향한 그리움을
구름에 그려보는
애타는 마음

비가 오고 바람이 불면
그대가 오시는 길
험하지 않을까
근심 걱정에 눈물이
샘을 만든다

보고픈 그대의
젖은 눈빛에 잠기어
잠에 들지 못한다

# 가을 여인

낙엽이 흩날리는 가을을
간절히 기다리며
곱게 물든 단풍잎에
하얀 미소를 짓고

매력적인 장미꽃 같은
아름다운 마음을 가진 여인
덩굴장미처럼
그대의 가슴에 담긴 그리움
물안개 아른거리듯
눈빛에 담아둔다.

붉은 노을처럼
양 볼이 빨개지는 순수함
기다림의 미덕
물든 조개구름 사이에 서서
그대를 찾는다.

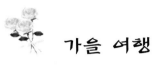

# 가을 여행

살랑거리는 바람 곁에서
가을에 찾아오는
손님을 맞이합니다.

언제나 변색으로 마음을 잡고
뒤를 보게 하며
앞일을 챙기게 하는
가을밤에 별빛 따라
그대와 여행을 떠납니다.

이곳저곳 살피며 멋진 풍경을 담고
맛있는 음식을 먹으며
즐거움을 찾으며
그대의 미소가 꽃을 피우는
세월을 황금 나룻배를 타고
마음 여행을 다녀옵니다.

언젠가 떠날 멋진 여행을 위해…

# 가을 손님

가을이 오는 것은 청명한
하늘에 푸른 나뭇잎이
변색하는 계절이며
찾아오는 손님을
맞이하는 단풍은

해마다 오는 가을이라도
새로운 오색의 옷을 입고
만나는 그대마다
한 잎씩 사뿐히 인사한다.

왠지 마음에 못한 일들이
생각나면 허전함이 오고
쓸쓸한 가을을 벗어나기 위해
마음에 즐거움이 있는 곳을
찾아서 메워보고 싶다.

언제나 내 가슴에 숨어있는
그대에게 물어보면서

# 가을은 외로움이 온다

가을이 오면 쓸쓸함을 느끼며
예쁜 색으로 옷을 입고
떨어지는 나뭇잎에
왠지 허전해 지며

누군가 그리워져
혼자서 걸어가는 길이
지루하지 않아도
그리운 정은 꿈틀거린다.

바람이 불고 비가 오면
인생의 길도 잔잔한
파도 같을 때와 성난 황소처럼
험악할 때도 있으며

왠지 서글퍼지며 외로움을
느끼며 허전한 것은

마음에서 오는 것이 가을인가

여백의 계절에
희망의 빛을 바라보며
지나온 계절을 잠시 돌아보고
또 새로운 계절 속으로 간다.

# 가을 사색

가을은 인생을 돌아보게 하는
마음을 만들의 파란하늘이
더 높게 청명하게 보이며

낙엽이 선홍색으로
떨어지는 벤치에 앉아
가을의 진정한 맛을 느껴보며

가을이 눈에서 멀어져 가는 것은
겨울이 임박했음을 의미하는 것
가을에 모은 달콤한 향기를
접어서 주머니에 보관하여

차가운 겨울에 움츠린 마음이 올 때
한 장씩 펼치며 따뜻한
마음을 만들어야겠다.

# 가을이 오면

가을이 오면 나는 그대들의
사랑을 쌓아봅니다.
지나온 시간이 가을 햇살에

고운 색깔로 나뭇잎은
조금씩 아름답게
옷을 입는 것 같이
그대에게 아름다운
옷을 입히고 싶습니다.

말은 안 해도 언제나
묵묵히 따라주는
그대가 너무나 좋습니다.

코스모스 꽃 속에
미소 짓는 그대를
나는 언제나 내 가슴에 두어

항상 가까이 하기에
난 그대를 사랑합니다.

햇살이 비치고 어둠이 올 때까지
난 그대들과 함께 동행 하며
사랑하며 금자탑을 세우렵니다.

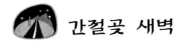 ## 간절곶 새벽

물안개 깔린 새벽에 빈 의자는
밤새 이슬을 먹고
간절한 새벽을 맞이하며

기다리는 임은 오지 않아
야속한 바다만 바라보며
출렁이는 파도만
너울거리며 찾아온다.

세월에 아픔을 안고
애달픈 사랑의 메아리는
하얀 거품과 함께
말없이 미소 짓는다.

 # 갈 대

바닷가에 은빛 물결 같은 갈대는
갯바람에 파도같이 너울거리며
새들도 부르며 시선을 끈다.

아름다운 갈대밭은
늘 그대마음을 빼앗아
사색에 젖게 하며
갈대밭의 풍경은 게들의 고향
옆으로 가면서 먹이 사냥하는 것이나
인간의 삶의 전쟁이나 같은 것

휘날리는 갈대를 바라보며
메마른 감정에 여유를 만들며
잠시 뒤를 돌아본다.

# 겨울 풍경

눈 쌓인 풍경을 보기위해
구불구불한 길을 올라가
영남의 알프스라는 곳에
가을에는 멋진 단풍이
겨울에는 눈 쌓인 웅장한 산맥에

눈꽃이 장관을 이루고
깊은 계곡에 햇살에 반사되어
눈꽃의 아름다운 극치를 보면서
매서운 바람이 귀밑 대기를 때려도
추위를 잊고 감탄하는 그대를

바라보는 이 행복은 눈꽃에 돌리고
그대의 양 볼이 차가운 얼음 같아
발길을 돌려 걷는 행복에 젖어

아늑한 찻집에서 우전차를 빚어

언 손을 녹이며 차 향기에
취하며 차 맛에 감동하는 시간
그대와 함께 차향에 젖습니다.

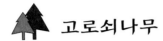 고로쇠나무

차가운 겨울을 참으며
새봄에 약수를 생산하는
고로쇠나무의 희생의 마음

내가 힘든 만큼 타인에
행복을 주는 보시의 마음
진정한 사랑 아닐까

황갈색의 고로쇠나무는
건강을 지켜주며 질병을
막아주는 배려의 마음

그대들도 이 마음을 가지면
기쁨의 자비심의 길이 되어
마음에 편안함이 온다.

# 그대를 생각하며

한적한 시간이 오면
문득 그대가 그리워진다.
생각만 해도 가슴이 벅차오르며
만남의 날짜를 세어보면
더욱 그리워진다.

실바람에 흔들리는
코스모스를 보면서
여러 색깔이 모여 있을 때
더욱 환상적으로 보인다.

가을 국화향기를 접어서 쌓아두고
그대를 만나면 한 장씩 펼치며
가을 단풍은 향기와 함께
웃으며 떨어지고
온 산을 물들이며 웃는 단풍이
그대의 미소처럼 느낀다.

# 그대에게

캄캄한 밤하늘에 초롱초롱
빛나는 별빛의 종류에
아름다움이 한층
더 해지는 기쁨

그대의 깊은 마음이 그리워
옆에서 반짝이는
별들을 쳐다보며
외로움을 달랜다.

스치고 지나가는
바람과 대화하면서
어둠 속에 반짝거리며
길을 안내하는 그대에게
보고 싶고 그리운 마음을
전해 봅니다.

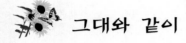 그대와 같이

초록 숲이 있는
조용한 길을 걸으며
새소리에 기쁨이 날갯짓하고
이슬이 구르는 단풍의
아름다움을 보면서

그대와 손을 잡고
걸음을 옮길 때마다
낙엽이 바삭거리면
사랑이 쌓이며
나무사이로 스미는 빛은
새로운 풍경을 만든다.

그대를 태양처럼 우러러보며
사랑을 가슴으로 채워
세월과 손을 잡으며

병풍 같은 계곡의
녹빛 옥수에 손을 씻으며
천년거울에 비친 그대 눈빛이
내 가슴을 촉촉하게 적시는 사랑은
눈 내리는 포근함 같아
행복에 수장하리.

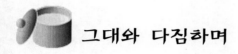 그대와 다짐하며

365일 한결 같이 마음을 주며
찾아온 세월에
달콤함과 기쁜 일도 있고
어렵고 힘들 때도 있고
없는 시간을 쪼개어 바쁘게 보낸 시간들
이제는 주마등처럼 세월에 밀려
서서히 사라지는 뒷모습에

쓸쓸한 마음은 낙엽처럼 보내고
먼동이 뜨는 새해에는
그저 웃음으로 만나
또 글속에 정을 쌓아서
올해보다 더 성숙된 시간을 만들어
늘 즐거움이 이어지는 정을 쌓으며
어울림으로 기쁨의 한해를 만들자고
그대와 다짐하련다.

# 유채꽃 향기

노란 들판을 만드는
행복의 꽃
우리에게 건강을 주며
기쁨을 주고 꿈을 주는 꽃

유채 꽃길을 걸으며
사랑을 만들며
그대와 아름다운 향기에
마음 빼앗기며

노랑나비 숨바꼭질하는
행복한 유채꽃
향기를 그대에게 담아
향기가 그리울 땐
그대에게 간다.

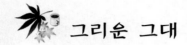 그리운 그대

그대 그리움이
조개구름사이로 다가오며
간들바람에
사뿐히 내려앉는다.

처음 본 그대가 수많은
세월에 만남 같이 편안하고
정겨움이 생기며
콩닥거리는 가슴을 만든다.

푸른 잎에 이슬이 구르는
사랑 먹은 그대의 물방울이
영롱한 빛깔에 젖어간다.

 # 기쁨 저장

힘들고 어려울 때
한번 크게 웃어보며
괴로움은 놓아 버리고

기쁨이 왔을 때
다 쓰지 말고
저장하여

어렵고 힘들 때
끄집어내어
위안으로 삼고
새 길을 만나면
웃으며 걸어가라.

■ 시작메모 ─────────────

삶의 꼬리에

아름다운 세상을 열어
아지랑이 피어오르듯
이 세상 사연을 풀어서
산기슭 지나가는 나그네에
미소를 주고 희망을 주며
스치고 지나가는 인생 삶을
비문을 만들어 길목에 세워
삶에 꼬리를 만든다.

 꿈

세상에 사는 것은
어차피 주어진 운명인데
어찌 하겠나
사는 동안 꿈을 만들며
살아야 되지 않겠소.

노력도 하고 취미도 만들어
고달픔도 잊어버리고
그저 묵묵히 세월 따라
취미에 몰두하면
마음에 여유가 생길 때는
살맛나지 않겠소.

마음먹기에 따라
즐거움이 찾아오는 것
새로운 묘미를 맛보고
기쁨의 날만 생긴다면
꿈을 한번 만들어 보지 않겠소.

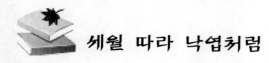

# 세월 따라 낙엽처럼

일출을 보고 돌아서니
서산에 해가 지고 있네

푸른 옷을 입고 자랑하는 계절이
어느새 알록달록한 옷을 입고

멋진 비행을 하며 지난날을
사색하며 바람과 친구하며

은빛 물결위에 놀면서
그대 곁으로 가고 있구나.

# 제 2 부

# 노을빛에 놀다

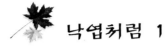

# 낙엽처럼 1

바람 부는 초겨울에
만나는 낙엽은
새봄에 새싹으로 시작되어
가을까지 풍성하게 영양을 먹고
세월에 모든 것을 벗어버리고
바람이 불면 멋진 비행을
하며 떨어진다.

아무것도 남김없이
그저 마른 잎으로 바위에도 앉고
물 위에 앉아 떠내려가며
사라지는 낙엽은
마지막까지 가벼운 마음으로 가는데

우리의 삶도 인생도
한번 돌아보고 나면 가볍게
미련 없이 떠날 수 있을까?

 낙엽처럼 2

주르르 소리 내며 떨어지는
노란은행잎 깔린
예쁜 길을 걸어가니
내 마음도 따뜻함을 느낀다.

부채모양의 은행잎은
바람이 불어오며
몇 잎을 주어서
책갈피를 생각하는
은행잎 떨어지는 길은
포근하고 즐겁다.

늦가을을 기다리는 것은
새로운 노란 길을
젖어 보고 싶어서.

## 낙엽처럼 3

새싹으로 보송보송 예쁜 마음 만들고
푸른 잎을 펼쳐 그늘을 주어
쉬어가게 하면서 보낸 시간을

주마등처럼 사연의 꽃을 피우고
찬바람 불기 시작하면
가볍게 변색하며
사랑 찾아 비행하며

사뿐히 내려앉아
따라오는 친구와 함께
새로운 자리를 만들어
그대와 소곤거린다.

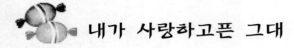

# 내가 사랑하고픈 그대

내가 사랑하려는 그대는
밤하늘에 초롱초롱한 별처럼
빛나는 그대였으면

맑은 냇물이 요리조리 피하면서
더러움에 어울리지 않는 것처럼
청명한 하늘에 예쁜 조각구름처럼
내 마음을 빼앗아가는 그대였으면

활짝 핀 꽃 속에 물방울 같은
따스한 마음이 있는 그대가 되었으면
추운 겨울에도 하얀 눈송이같이
포근한 마음이 있는 그대가 되어

계절을 알리는 풀벌레의 소리에
가을이 깊어지며
여백의 계절을 맞이하여

사랑하는 그대를 만나기 위해
기다려야겠지.

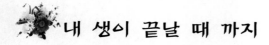 # 내 생이 끝날 때 까지

세상에 한번 주어진 생명
내 이름 남기려는 욕심에
초원에 탑을 세워도

남의 고통을 주는
업이 생기면 소용없으며
타인을 위해 배려하며
세상에 사랑을 주고
덕을 쌓아야 되며

좋은 것 싫은 것도
다 가져가지 못하고
떠나는 인생

한 번에 인연
가진 것 없어도
멋진 글을 써서

만나는 님에게
행복을 주며
내 생을 가리라.

노을 속 미소


노을빛 속에 미소를 찾아
노란 잎들이 구르는 길을 간다.

바람에 날리는 은행잎 따라
청빛 하늘아래 푸른 나무를 찾아
푸른 마음 만나러 간다.

서쪽에서 불어오는 향기가
뭉게구름 타고 오는
그대의 향기 찾아 간다.

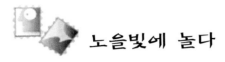

## 노을빛에 놀다

황금빛 노을 위에서
조개구름 밟고 뭉게구름 타고
세상을 두루 살피며
아름다운 풍경을 즐기면서

푸른 바다에 너울대는
파도소리와 갈매기 울음소리는
낭만에 젖게 하며

은은한 커피 향기에 마음을 던지며
노을에 붉게 물든 파도위에
떠다니는 낙엽은
그대의 홍당무 같은
사랑으로 수장하며

현세에 멋진 삶을 만들어 즐기고

내생에 가서
멋진 인생 살고 왔다고
말하고 싶으오.

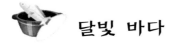 달빛 바다

달그림자가 바다에 빠져서
물결에 빛을 준다.
달빛처럼 어둠을 밝히면
그대 들어 마음이 맑아져

기쁨이 저절로 굴러오며
즐거운 하루는 기쁨의 잠이 된다.

강물도 냇물도 모두 품어
소화시키는 바다는
언제나 푸른 모습
그대로 변치 않는다.

나 자신을 잘 리드하여
배려하는 즐거움으로 산다면
죽음도 새로운 세상으로
찾아 가는 행복을 만들 것이다.

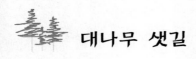 # 대나무 샛길

푸른빛이 감도는
맑은 마음을 주는 길
높은 곳으로
오직 한 길만 바라보며
청정한 마음을 만든다.

댓잎에 향기가 바람에 내려오며
파르르 떨리는 댓잎소리에
내 마음 붙잡고 댓잎 끝에 달린
뭉게구름이 떨고 있다.

떨어진 댓잎사이로 살며시
비집고 나오는 죽순의
푸른 미소가 손짓한다.

많은 사연을 안고 있는

소쇄원 대나무밭 풍경은
그대들과 추억을 만들어
댓잎이 생각날 때 펼쳐보련다.

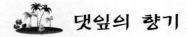 # 댓잎의 향기

대밭에 풍경은 아름다운
사연을 만들며 대밭사이에
흐르는 물결을 보며
사색에 젖어 여유를 얻고
푸른빛에 신선한 맛을 즐기며
하늘에 구름도 흔드는 댓잎은
바람도 반기며 기뻐한다.

댓잎의 떨림에 새들이 찾아오고
수많은 사랑을 만드는 길에서
그대의 말없는 시선과
댓잎의 청정향기는
그리움을 만들며
대나무 샛길에 미소 짓는
죽순의 향기는 아쉬움을 만든다.

# 도자기를 만들다

푸른 들판을 스치는
바람 소리 들으며
차창에 간간히 뿌리는
빗방울을 헤치며 향기가 있는
도자기 굽는 곳으로

옛 풍의 다실의 향기가
찻잔 속에 머무는
차 한 잔에 여유를 가지고
작품을 감상하며 초벌만 굽은

도자기에 마음의 글과
각자의 재능을 표현하는 열정으로
완성하고 생활도자기를 보면서
도예가의 넉넉한 솜씨를 본다.

함께 모인님들과 풍경이 좋은

화제마을에서 점심은
즐거운 시간이 되었다.

타고난 재능을 칭찬하며
하루를 마무리하며
아쉬운 작별을 하고
돌아온 하루는 즐겁다.

 동 굴

수억 년을 조금씩
서두르지 않은 기다림은
흔적이 생기며
화산의 불덩이도 참고
차가운 바람도 받아드리며
기다림이 쌓인 흔적은
사연과 추억을 만든다.

열악한 조건에
생명이 살지 못할 것 같은
암흑의 짙은 동굴에도
생물이 존재하는
모진 인연은 존재의 철칙인가.

동굴 속 고드름 같은 돌에
감탄사가 나오는 순간
수억 년이 흘러갔으며

그대의 인연도
수억 년 속에 만남이니
또 언제 만날지 모르니
추억의 길을 만들어야 된다.

 동백꽃

유난히 바닷가에 가면
많이 있는 것은 해풍에 잘 견디며
언제나 변함없는 푸른 미소가
있기 때문이다.

특이한 잎 모양에 이슬이
담겨져 있으며
추위를 좋아해서 겨울이 되면
떨면서 꽃잎을 하나씩
펼치며 향기를 준다.

차가운 날씨에 활짝 웃는 미소는
겨울이 다 갈 때까지
머물게 하는 꽃
인내하고 비바람에 버티며
기쁨의 향기를 주기 때문에
더 빨간 예쁜 꽃으로
탐스러운 겨울의 친구가 된다.

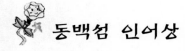

# 동백섬 인어상

청명한 가을에 예쁜 동백이
주는 향기는 싱그럽다.

동백꽃이 피면
빨간색 하얀색의 향기가
그대들의 발길을 멈추게 하며
밀려오는 파도를 바라보는
갯바위에 인어상을
만나는 것은 기쁨이다.

황옥공주는 고향이
그리우면 황옥을 달빛에
비추어 향수를 달래며
수평선에 걸린 구름은
파도에 흔들거리며


너울너울 춤추며

찾아오는 파도는
미소를 주는 인어상에
사랑을 느끼며
그대의 애타는
그리움에 수장하리.

 동 행

여명에서 해 오름에
바다와 하늘을
붉게 물들이며

솟아오르는 햇살
황홀하게 물들이는
희망의 빛이다.

온 세상에서 문학을
사랑하는 님이
모여서 즐거움을 얻는다.

삶에 기쁨을 얻고
추억을 심는
행복의 길에 수장하리

 동행길

멀리서도 느낌이오는 그대는
미래에 기쁨을 주는 동행자며
그대를 얼마나 사랑하는가는
그대 눈빛 속에 담긴
애절한 광채로 측정되며

그대와 가는 길은
이 세상 어디로 가든지
기쁜 길이며
낙엽이 바삭거리는 소리에도
감상에 젖는다.

늘 함께 가는 시간은
좋은 의미만 간직하면서
그 마음이 변하지 못하게
북극의 빙하에 저장 해놓고
행복이 있는 곳을 찾으리라.

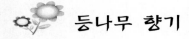 # 등나무 향기

등나무는 함께 어울려
자주 빛으로 내려오면서
양철지붕을 꽃잎으로 가려
춤추며 향기를 흘리고
그대의 눈길을 끈다.

바람에도 아랑곳없이
감아 자신을 보이며
온 힘을 다하는 등나무
열정에 그대가 그리워진다.

검은 쇠기둥도
자신의 몸으로 감싸며
아름답게 만들어
꽃을 펼쳐서 그늘을 만들며
그대들의 향기를 남기게
하려고 시선을 잡는다

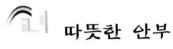 **따뜻한 안부**

쌀쌀한 가을이 마음에 머물면
왠지 서글퍼질 때가 있다.
누군가 나에게 봄날 노랑나비 같은
따스한 느낌을 주는
말 한마디가 그리워지며
마음에 따스함이
있는 곳을 찾아가는 것

은빛 억새풀이
들녘을 흔드는 가을이면
내 마음에 가을 향기가 가득하여
사랑이 용광로처럼 달아오르면서
억새 숲을 뛰어가고 싶다.

저 멀리 뭉게구름 타고 오는
그대를 기다리는 행복이
황금들녘에 풍성함 같이
여유의 마음을 만든다.

 마산에서


깊어가는 가을향기가 빗발쳐서
지역마다 계곡마다 찾아와
금빛에 보이지 않는 정이 이어져

만남의 새 정을 고무풍선처럼 만들며
제각기 가진 재주를 보이는
불심의 향기가 함께하는 마당
좋은 말씀과 가슴을 울리는 소리와

경쾌한 색소폰의 소리에
한순간에 모인 잡념을 떨치며
기쁨의 순간을 만든다.

기쁨을 주는 한 마음은
배려의 마음을 열어주는 합장소리며

준비한 마음을 주고
세월에 흘러가며 모은 작품을

미소의 답장으로
내어 주시는 님의 심성에
언제나 새로운 축복이 열려
인연이 닿는 곳마다 빛이 되소서.

# 마음의 지표

삶을 산다는 것은 새로움을
만나며 시작되는 것이며
한 그루 나무가 새싹을 피우고
열매를 맺고 떨어지는 과정은
인생도 같은 것이며 무에서 태어나
새로움을 만나면서 시작되는 길이며
자기 자신을 조절하여 주인이 될 때
성공한 삶을 살 수 있는 것이다.

분별을 잘 하여 나쁜 곳에 물들지 않고
자신을 이기면 행복을 맛보는 것이며
세상에 아무리 명예가 있고 돈이 많아도
마음에 안에 있는 것이며 마음에 부자가
되는 것이 진정한 행복이 된다.

비가 오고나면 날씨가 맑아지고
거센 파도도 바람이 그치면 쉬는 것같이

새로운 마음에 지표를 세워
진정한 마음에 부자가 되어 자비를 베풀어
복업을 쌓아 내생에 축복의 땅을 사는 것이
멋진 인생을 살았다고 말할 수 있는 것이며
편안한 삶을 만드는 길이 된다.

# 제 3 부

# 세월을 돌아보니

 **휴 가**

삶이 힘들면 어디로 떠나고 싶다.
현재에 감당이 안 되기에
마음에 적응을 못하여
생각에 잡혀 있으며

재산이 넉넉하면 현재에
생활이 만족함이 없어
좋은 곳으로 가고 싶다.

나만의 아름다운 세상을
꿈꾸며 누구나 나만의 휴가를
즐기고 싶기 때문이다.

마음에 휴가는 장소에
관계없이 행복한 시간이 되며
넉넉한 여유가 생기며

참 멋지고 즐거운 인생의
길이 되는 마음의 휴가를
얻는 곳으로 가자.

# 목어와 풍경소리

아름다운 산중턱 사찰
입구에서 말없이 언제나
눈을 감지 않고 바라보며 매달려
변하지 않는 표정으로

보이지 않는 바다 속까지
구제하는 목어는 만나는 그대에게
업장소멸 시키며 툭 툭 툭
소리에 마음을 편하게 하며
희망을 얻게 하는
목어사랑을 얻는다.

지붕모서리에 아름다움을
만들어 햇살에 반짝 그리며
딸랑거리는 풍경소리는
먼 곳에 있는 마음도 끌어드린다.

언제나 기쁨으로 반기며
행복을 주며 업장 소멸 시키고
새 마음으로 기도 하게하는 풍경소리
오늘도 귀에 익은 소리가
듣고 싶어 찾아 간다.

 무 상

흘러가는 세월은 막을 수 없고
애착을 가지는 욕심도 소용없는 것
귀하게 금이야 옥이야 사랑해도
세월에 사라지고 한줌의 재가 되는데

최고를 바라며 많은 제물을 모아
가진다해도 다 부질없는 것
가지고 못가는 사라질 무상인 것인데
가슴 아프게 집착하고 괴로움 주고
이기적 행동은 자신을 점점 초라하게

만드는 무지의 행동이 윤회의 업보가
되는 것이며 돌솥에 찻물 끓어 넘치는
어리석음을 버리고 댓잎에 새벽이슬
구르는 소리에 맑아지는 자연의 섭리에
순응하며 배려의 공덕을 쌓아

적고 작은 것에 만족 할 줄 알면 행복이
오는 것이며 제명대로 살다가 익은
열매가 떨어지듯이 지금 어디로 향해 가는지
생각하며 재촉한다고 빨리 가는 것 아니며

잡는다고 잡히는 것 아니고 모든 것을
놓아버리고 어떤 삶이 행복인지 마음부터
다스려 복 짓는 것은 잘 살다가 가는
삶이라 기록되어 이름이 남으리라.

# 미래를 위해

뽀얀 아침
새벽을 알리는 여명

보랏빛 세상에
기쁨을 줄 미소가

손을 잡고
떨어지는 눈 오는 소리에

정신 차리고
하얀빛 바라보며 가라.

# 미묘한 인연

숲이 우거진 계곡에 물소리가
음률이 되어 메아리 타고
하늘엔 뭉게구름 흐르며

구름위에 미소 짓는 그대
우연이 인연이 되어
필요한 곳에 기다리는 그대는
아마 필연이 아닐까.

현생에 만나 이어지는 삶은
행복의 책 만들며 한 장씩
기록하고 기쁨을 나눈다.

무지개 꽃잎에 미묘 향을
세상 구석구석 뿌리며
달이 수원지에 빠져 꾸벅 졸 때

비문을 쓰서 지나가는 임들이
읽어볼 수 있도록 아름다운
추억에 젖는 비석을 세우리다.

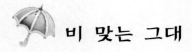 비 맞는 그대

풍성한 잎들이 선홍색으로
예쁘게 갈아입은 단풍나무는
내리는 비바람에 몸부림치고
바람에 날리는 빗줄기에
멋지게 한번 비행하며
가볍게 떨어진다.

계절마다 변하는
세월을 맞이하며
봄에는 초록 들판을 보고
가을에는 퇴색되어
모든 것을 던지고
선홍색 사색 길을
만들어 여유를 주며

추적추적 내리는 빗속에
모든 것을 벗어 버리는 낙엽은

추억을 하나씩 안고 저장하며
비를 맞으면서 겨울 속으로 간다.
새봄에 희망을 줄려고...

# 비오는 날의 추억

추적추적 내리는 빗속에 풍경은
기쁨의 시간으로 시선을 모우고
바람에 나부끼며 하늘거리는 나무는
휘청거리며 춤추는 풍경을 만들며
비바람에 나뭇가지는 튕기면서
목욕을 하고 바람소리도
즐거움을 만든다.

그대들의 만남이
삶 속에 멋진 인생길을 만드는
동행 길이 되어 함께 아름다움을
새끼줄처럼 길게 만들며

웅장한 산들이 안개로 무늬를 만드는
진풍경에 감동하면서
인연의 길 위에 하늘도 기쁨의
물방울을 내려 황홀한 시간이 된다.

냇가에 조약돌도 내리는
빗방울에 함께 소리를 내며
빗소리와 화음을 이루는 길은
그리움이 쌓인다.

추억을 만드는 날 그대들의
미묘한 향기를 마음의
항아리에 담아 빗속에 수장하리.

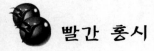 빨간 홍시

대지가 얼어
차가운 겨울에
앙상한 가지에
외롭게 대롱거리는 홍시는
빨간 빛을 보내며
시선을 끈다.

겨울의 감나무엔
모든 것을 벗은 잎과
홍시 몇 개만
외로움을 달래며

언제 사라질지 모를
새들에게 주는 사랑이
햇살을 먹고
더욱 빨간 빛이 되어
사랑의 마음을 준다.

# 사랑을 수놓다

그대의 눈빛이 초롱초롱 빛나면
보고픈 마음이 분간하지 못하여
그리움이 쌓여 가는 마음은
어둠에 묻어두고

그대와 밤하늘에 별이 빛나는
바닷가를 거닐며 커피라떼
향기에 젖으며 눈빛이 손을 잡고

별빛의 소리에 파도가 춤추며
무언 속에서 사랑이 싹트는
이 순간의 행복을 잡아
밤하늘에 사랑을 수놓는다.

# 새로운 길

촉촉한 대지에 새싹을 피우는 것은
새로운 길을 가기위함이며
많은 길 중에 좋은 길을 찾을 수 있는 것은
맑은 마음이 있어야 찾을 수 있는 것이며

달빛처럼 후덕한 마음으로
가보지 않는 길을 만나며
흐르는 세월에 사랑도 흐르며
찾아오는 별빛이 나의 마음도 흔든다.

마음에 하얀 눈길을 걸어보며
아름답게 가기위해 푸른 바다를
쪽배를 타고 가보며
바람에 뒹구는 낙엽 따라 걸어도 보며

가장 멀고도 가까운 하늘과 땅 사이도
마음에 따라 가까이에 있는 것

흔들리는 마음도 수평선을 바라보면서
모든 것을 받아드리는 청빛 바다에
잠시 앉아보며 햇귀에 물든 바다에
마음을 다짐하련다.

# 새벽 해안길

새벽이오면 가끔
광안대교가 있는 해안 길을 간다.
바다 냄새가 풍기는 길은
언제나 기분이 좋은 길이며

여명의 바다가 조금씩
붉은 기온이 다가오는 새벽이면
심호흡하며 사색하는 맛은
나만의 행복한 시간이다.

너울거리는 청빛 바다를
바라보며 새로운 마음을 얻고
잠시 머뭇거리며
삶의 여유를 잡는다.

파도치는 백사장에 인사하는
갈매기 종종 걸음에

한발씩 세월을 찍는 맛은
너무 상쾌한 아침이 된다.

 새벽소리

새벽에 풍경소리와
경전소리는 편안한 마음을 주며
한 구절씩 들려오는 소리에
환한 미소가 생긴다.

마음을 조절하면서
듣는 염불소리는
내 마음이
하늘에 바람 따라 흐르는
뭉게구름처럼 행복을 느끼며

매일 아침에 듣는
목탁소리에 새아침이
붉게 빛난다.

 # 세 월

세월에 변하지 않는 것은
추억에 느낀 강이나
지금에 느낀 강의 감동은
차이가 없지만
계절마다 찾아오는
세월에 나이가 드는 것은
식물이나 생물이나 같은 것이다.

초점을 잘 맞추어 조절하여
조금씩 적응하며 겉 모양과
속마음이 닮아지면
새로운 세상을
그저 잘 받을 수 있으며
창공에 비상하는 새들처럼
여기저기 여행을 하면서
참 맛을 느낄 수 있겠지.

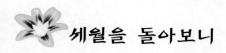 # 세월을 돌아보니

바쁘게 살다보면 가는 줄
모르는 세월
하고픈 일들이 많은데
하지 못한 일들을 챙기며

추억을 하나씩 끄집어내어
더듬어 보며 새로운 기쁨을
만들어야하며

내가 나의 주인이 되어
조정을 잘할 때 기쁨이 오며
바쁜 삶에 여유가 생긴다.

세월을 잠시 돌아보면
나도 모르게 한 것도 없이
세월은 저만치가 있다.

인생의 여행길이 끝나기 전에
하고픈 일들을 하는 것이
현명한 삶을 사는 것이다.

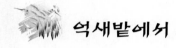 # 억새밭에서

가을은 들녘을 아름답게 만들며
온 산에 은빛 광채가 너울거리는
억새꽃은 그대 마음을 앗아간다.

억새밭에 앉아보고 걸어보며
간들바람에 억새꽃 끝에 달린
하늘도 흔들리고
그대의 마음도 떨고 있다.

노을빛이 주는 분위기에 젖는
그대의 억새풀은
참으로 아름다워 환희를 느낀다.

즐거운 마음을 만들며
그리움을 주는 억새 숲에서
포근한 행복에 젖어본다.

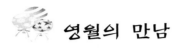 영월의 만남

여기저기서 모인 향기는
영월의 강과 손잡고 간다.
끝이 보이지 않는 맑은 동강에
녹빛 소리와 물속에 돌들은
빛을 보내며 시선을 잡는다.

울긋불긋 예쁜 모습을
비추어 주는 천년 거울에
굽이굽이 흐르는 은빛 물결에
고추잠자리도 착각하여 앉는다.

사방에 병풍처럼 빼어난 산들은
제각기 아름다움을 만들며
동강에 반짝이는 조약돌위에
다슬기 인사하는 것 보고
서강에 선돌이

말없이 미소를 짓는다.

아름다운 사랑의 멜로디가
영월을 알리니
함께 한 그대는
추억의 길을 만든다.

 **오늘처럼**

비가오지 않는 날에도
마음에 비가 주르르 내리는 것은
서글픈 마음이 비가 되어 내리며
창밖에 내리는 빗소리처럼
가슴에도 빗소리가 난다.

펑펑 하얀 눈이 내려
온 세상을
새로운 풍경을 만드는 것처럼
마음에 하얀 눈이 내려
깨끗해진다면

인생의 길을 처연히 걸어보고
조용한 곳에서 명상을 하면서
새 마음을 다짐하며

오늘처럼 편안해 질 수 있다면

더 이상 바랄 것 없는
삶의 길은 별처럼 반짝일 것이다.

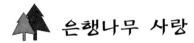 은행나무 사랑

노란 은행잎은 울퉁불퉁한 길을
아름답게 하면서
정겨운 마음을 준다.
바람이 한번 불면 노란 잎들이
함박눈 쏟아지는 것 같이
주르르 떨어진다.

부채 같은 잎들은 바람에
스르르 몰려다니면서
아름다운 무늬를 만든다.

은행잎 떨어지는 모습은
쓸쓸함과 사색에 젖게 하며
매 마른 길을 추억의 풍경으로
만들어 주는 노란 길을 걸으며
그대 곁으로 간다.

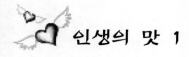# 인생의 맛 1

이제 어느덧 세월을 살다보니
인생이 무엇인가 알 것도 같다.
어둠이 내리는 언덕에서

세월을 돌아보며 옷깃을 스치는
바람과 어깨를 나란히 하며
손을 잡고 추억을 펼치며

화려한 명예도 다 부질없는 것
진정 마음의 가치를 아는 것이
참 행복이란 것을 느낀다.

해지는 노을바다를 보면서
남은 인생을 멋지게 사는 길을
황금빛으로 물들이며

편안하게 세월을 맞이하는

마음의 길을 만들며
인생의 맛을 즐겨야겠다.

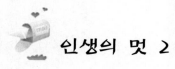

# 인생의 멋 2

인생의 참 멋이 무엇인가?
멋을 만들며 사는 것이다.
캄캄한 밤하늘을 장식하는
수많은 별들은 반짝이며
어둠을 아름답게 만드는 것과 같이

진정한 멋은 내면이
아름다울 때 생기는 것이며
욕심에 눈이 어두우면
아름다움을 바로 보지 못하니
청명한 하늘을 바라보며
맑은 눈을 만들어

멋있는 인생의 항로에
뭉게구름 흐르고
새소리 울리는 푸른 숲이 가득한

즐거운 길을 찾아서
외로움도 달래고 사랑의 꽃을 피우며
행복한 세월을 맞이하는
여백을 만들어야겠지.

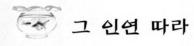 # 그 인연 따라

물결처럼 잔잔히 흐르는 세월
무지개 빛이 있는 곳을 찾아
밤새 파닥거리며 잠을 설치고
여명에서 준비하며
향기 찾아 길을 나선다.

인연의 고리는 어쩔 수 없는 것
예정된 만남의 길이며
정을 만들어 추억을 쌓는
행복을 저장하려고
산들 바람 부는 황금노을에
숨은 그림자 찾아서.

제 4 부

천년 거울

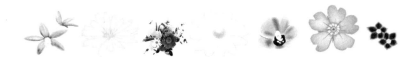

# 작은 행복

산다는 것은 자연에 따라
새로운 시간을 만나는 것
많은 일을 만나 소화하는 것이며
잘 될 때와 잘 안될 때
기쁨의 마음이 교차되는 것이다.

편안한 마음을 만드는 것은
진정 행복을 만들 수 있으며
집착을 버리고 작은 행복을
많이 만드는 것이 참 행복이다.

큰 행복은  보장되지 않는 것
고통이 따르는 것이며
늘 살아가며 바라지 않는
보시는 행복의 공덕이 되어
상처주지 않는 달빛 같은
따스함이 늘 곁에서 머문다.

## 주어진 삶까지

일출로 붉은 빛을 만나 꿈틀거리며
세월 따라 흘러가면서
하나씩 눈에 새기며 아름다움을 맛보며
태풍도 버티고 아픔도 맞이하면서
이제는 무언가 조금은 알 것 같으니
세월은 저 만치 가있네

가슴에 용솟음치는 하고픈 것들을
하나씩 정리하면서 사랑을 심고
행복의 깃을 세워 바라보면서

멋진 인생의 길에 떨어지는 노란 낙엽을
하나씩 담아 추억에 묻고
인연이 끝날 때 까지
사랑을 주면서 감동하도록

누구나 가슴에 묻어둘 추억을 만들며

그대와 함께 남은 인생의 길에서
미소 짓고 싶으오.

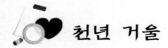 천년 거울

쨱쨱거리는 새소리에
잠이 깨면 세면을 하고
천년거울을 찾아 나선다.

환상적인 에메랄드 색
연못에 가서 거꾸로 보이는
내 모습을 보며
서서보고 앉아보며
내면의 마음도
거울에서 찾으면 행복하겠지

물가에 앉아 그리운
그대의 마음과 사랑과 행복을
천년 거울에서 얻어 온다.

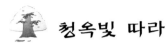 청옥빛 따라

맑고 깨끗한 진귀한
청옥 빛을 따라
함께 어울림의 마음이
보태어져 아름다움을
엮어 보려고

손에 손을 포개어
문학창작으로
따스한 정을 만들어
삶의 여로에 여유를 얻는
기쁨의 길을
그대와 동행하렵니다.

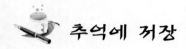 추억에 저장

커피의 마음을 알려면 다른 것
첨가하지 않은 순수한 맛을
보아야 아는 것처럼
기쁨을 만나려면
기쁨이 있는 곳으로 가야 되며

행복을 얻고 싶으면
내 마음에서 찾아야 진정
행복을 알 수 있으며
인연의 만남은 거부할 수 없는 것
현세에 만남의 꽃을 피우는
예정된 삶의 길이며

정을 나누며 웃음의 꽃을 피우고
제각기 아름다움을 펼치는
새 기쁨을 만나는 곳
멋진 향기를 추억 속에 저장하여

그대들이 그리워 질 때
한 장씩 펼쳐보련다.

 칼라꿈


꿈이 있으면 어떠한 어려움도
힘들고 아픔이 있어도
희망의 길이 생긴다.

무한히 노력하며
칼라 꿈을 만들어
삶의 계단마다 아름다움을 넣어
누가보아도 멋진 꿈을
인생에 주막에 걸어서
그대에게 여유로운 마음을 주고

하얀 눈이 오는 맑은 마음은
언제나 희망을 만들어
새로운 마음이 생기며
만나는 그대마다
색깔 넣은 꿈을 주면서
달빛에 비치는 후덕한 길에서
미소지어보리.

# 코스모스 꽃을 기다리며

푸른 숲이 물들기
시작하는 가을이 오면
마음이 뭉클해진다.
들녘에 피는 코스모스
꽃을 만나야하니

길옆에서 언제나 미소를 흘리며
아름다운 꽃길을 열어 주고
하늘거리며 춤추는 코스모스 꽃

옆에 앉아서 향기를 맡으면
마음에 미소가 춤춘다.

정겹고 기분이 좋은 꽃
햇빛도 아랑곳하지 않는
유유자적 몸놀림의 꽃
가을을 손꼽아 기다리는 것은

코스모스 꽃 옆에 앉아
대화하고 싶은 마음 때문이다.

그대와 하고픈 말을
한 송이 꽃을 꺾어 드리며
나의 마음을 꽃말이 전하니.

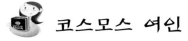

# 코스모스 여인

들녘에 알록달록한 화장을 하고
하늘거리는 율동으로
자나가는 발길을 잡는다.

날씬한 몸매에 긴 목에
목걸이 하는 가을에 여인
가을이면 언제나 만나서
대화도하고 향기에 젖는다.

색깔마다 다른 감동을 주는 꽃
찾아오는 그대가 없으면
긴 목을 사방을 돌리며
흔들며 미소를 보낸다.

난 코스모스 피는 계절을
만나면 항상 설렌다.
가을의 여인이 많은 곳을

살피며 찾아서 향기를 취하려니
마음이 콩닥거린다.

## 코스모스를 만나면

가을에 만나는 여인이 있다
언제나 내 마음을 흔드는
가냘픈 아름다운 여인
고향 길을 그립게 만드는
영원한 나의 연인이다.

늘 기다리게 하며 하늘거리며
향기를 품어내면 난 감동을 한다.
고추잠자리도 향기를 맡으면
어쩔 줄 몰라 이리저리
기쁨을 표현하며


알록달록한 코스모스와
악수하며 대화하는 나는
자연이 주는 사랑을 느끼며
흔들리는 삶에서 살랑거리며

애교떠는 코스모스에
가을이 깊어가는 것을 느끼며
코스모스 향기에 푹 빠지며
행복을 저장한다.

 푸른 마음은

봄이 오면 초록마음을
파릇파릇 보이며
여름에는 싱그러운 향기와
푸른 떡잎으로 그늘을 만들어
매미를 불러 합창소리를 듣고

가을에는 멋진 옷을 갈아입고
선홍빛으로 그대 마음을 잡으며
겨울에는 비바람에 버티면서
추위에 움츠려도 오직 한 마음에
푸른빛이 숨어 있으니

매서운 추위로 세상이 얼어도
내 가슴에 용솟음치는
푸른 마음은 봄이 되면 펼쳐서
그대에게 새로운 희망을 주리라.

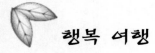

# 행복 여행

빛 고운 가을에 햇귀에 뒤척이며
불면 속에서 깨어 새로운 맛을
찾아 헤매는 미식가 마냥
시인은 새로운 시제를
찾아 갈 여고 준비하면
스치는 바람소리에도 기쁨이 옵니다.

텅 빈 뱃속을 채울 때 만족감 같이
두뇌에 새로운 향기를
채울 여고 여행을 가봅니다.

만나고 헤어지는 세월에서
만나지 못한 소중한 인연을
만난다 생각하니 가슴이 뜨거워집니다.

멋진 향기를 가슴에 가득 담아서

한 조각 구름위에 그리움을 나열하면
그대와 나 참 행복을 느낍니다.

# 행복 측정

행복할 수 있는 삶은
나를 잘 측정할 때 오는 것이며
내 생각이 어디에 있는지
어떤 것이 행복인지 새로운 것을
찾는 모험이 있어야 새롭고
기쁨이 있는 맛을 느낀다.

이것이 잘 안되면 가감이 바꾸며
또 새로움을 느낄 때 행복감이 오며
사랑도 장소에 따라 감정이 다르며
좋은 분위기가 있으면 좋은 감정이
생겨 성숙한 사랑이 되며

낯 설은 곳으로 가면서
새로운 나의 마음을 측정하여
행복의 수치에 주파수를 맞추어
행복을 만드는 설계를 하여
여유가 있는 삶을 만든다.

# 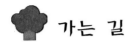 가는 길

바람이 불어도 비가 내려도
세월은 흘러가고
막을 수 없는 그 길을
수평선을 바라보며 함께 가고 있다.

끼리끼리 만나며 사는 것은
새들도 그들만이 어울려
새 둥지를 찾아 날아가는 것

삶 속에 우리는 취미가 닮아야
어울림이 생기며 즐거운 것을 보아도
기쁨이 같아지는 것이며

아름답게 보이는 하얀 눈 속에
꽃봉오리를 만나도 좋고
나무사이로 스치는 새들도 좋다.
아름다움을 만드는 작은 것도

행복을 느끼는 마음으로 살아간다면
생명이 있는 날 까지
기쁨의 세월로 갈수 있을 것 같구나.

그대의 미소

늘 입가에 미소가 나는 그대는
항상 웃음으로 기쁨을 주며
마음의 향기가
배어 있는 것은 사랑이며

미소와 기쁜 표정은
건강을 주는 배려의 마음과
아름다운 선물이다.

웃음을 굴려 향기의 방울을 만들고
영롱한 빛이 있는 방울은
서글픔이 생길 때는 바라보면서

맑은 마음을 얻게 하는 그대는
웃음의 선물을 주는 천사 같고
많은 사람들을 기쁨과 희망을 주며
너무 환하게 웃는 미소는
세월 따라 흘러가는
뭉게구름도 물들인다.

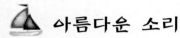 아름다운 소리

세상을 알리는 울음소리와
출발을 알리는 뱃고동소리는
늘 기쁨을 줍니다.
고추바람 불어오는 소리는 옷깃을
세우게 하고 가슴을 열기도 하며
늘 시끄러운 소리를 만나며
살아가고 있습니다.

소리 중에 아름다운 소리를 만나면
즐거움과 행복을 느끼며
잔잔히 흐르는 음악소리에 젖어 가며
커피 향기에 취해보면서
출렁이는 파도소리 나는
오솔길을 걸어봅니다.

사랑의 소리를 만드는
그대의 감동에 행복을 느끼며
심금을 울리는 소리가 있는 곳은
누구나 찾고 싶어질 것입니다.

# 꾸준한 사랑

세찬바람 불어올 때는 피하지만
잠시도 머물지 않고 지나가고 나면
조용하고 흔적만 조금 남겨두는 것

그대와 사랑도 몹시 그리워 질 때는
하나밖에 보이지 않지만
그 열정이 식으면 많은 흉이 나오며
돌처럼 굳어지면 아픔도 생긴다.

세월이 흘러 다시 시작하는 것은
벼랑 끝에 달린 낙엽처럼
언제 떨어질지 모르는 것이기에
처음보다 힘이 드는 것이며

항상 식지 않도록 관심을 가지며
쉼 없이 찾아오는 계절처럼
아름다움으로 변하지 않는
사랑으로 만들어야 한다.

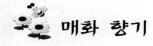 # 매화 향기

눈 설이 채 가기도전에
매화의 꽃술에 미소는 보이며
봉오리는 바람에 조금씩 펼치며

은은한 향기가 날아 갈까봐 꼭 잡고
세월이 흘러도 향기를
놓지 않고 정을 부른다.

새봄에 활짝 핀 매화를 만나려는
봄의 언덕은 즐거움으로
발목을 잡는다.

아름다운 홍매화 청 매화는
손을 잡고 바람에 하늘거리며
그대를 떠나지 못하게 도취시킨다.

# 바다를 내 것으로

넓은 바다 속에 내 것으로
분양받아 유리 집을 짓고
자연의 아름다움을 본다면
얼마나 멋이 있을까?

넙치와 상어의 놀이도 보고
유리관에 있으면
상어의 입 벌리고
다가오는 광경도 보면
으쓱하고 재미도 있겠네.

새로운 세상을 맛보는 삶도
인생의 묘미로 느끼며
즐거운 마음을 얻을 수 있겠지

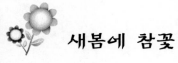 새봄에 참꽃

새봄을 기다리며
눈보라에도 말없이
새순을 만들며
기나긴 겨울을 참는 아픔이

온 산을 연분홍 미소로
물들이는 아름다운 참꽃은
기쁨을 준다.

색깔 없는 겨울 산을
알록달록 예쁜 색으로
조금씩 물들이고

향기로 능선을 줄치는
참꽃의 자태가
그대를 끌어드린다.

 # 봄 잔치

새봄은 언제나 새롭다
하얀 잔설이 사라지지 않은
능선을 물들이며 서로가
긴 겨울의 기다림의 표현인가?
꽃샘추위도 아랑곳
하지 않는 야생 꽃들은
예쁘게 나풀거리며 춤추고

연둣빛 새잎은 미소를 보내어
가는 길을 멈추게 하며
그윽한 봄 향기와 푸른 미소는
그대의 마음을 기쁘게 한다.

# 온유한 그리움으로 노을빛을 만나다

### – 최경식의 시집 〈세월 따라 낙엽처럼〉

### 최봉희(시인, 계간 글벗 편집주간)

요즘 시가 갈수록 어렵고 읽기도 힘들어서 과연 시가 필요할까라는 생각을 하곤 한다. 김수영은 〈시의 '뉴프런티어〉에서 시의 무용론을 이렇게 말하고 있다.

시 무용론은 시인의 최고 혐오인 동시에 최고의 목표이기도 한 것이다. 그러나 진지한 시인은 언제나 이 양극의 마찰 사이에 몸을 놓고 균형을 취하려고 애를 쓴다. 여기에 정치가에세 허용되지 않는 시인의 모럴과 프라이드가 있다. 그가 사랑하는 것은 '불가능'하다.

이 글은 시를 필요로 하지 않는 것이야말로 곧 시를 쓰는 일을 본업으로 하는 시인의 최고 목표가 되어야 한다고 말한다. 완강한 모순을 담고 있는 글이다. 그는 '시인은 불가능을 사랑하는 사람이라고 말하고 있다.

그러면 시가 필요 없는 사회는 어떤 사회일까? 삶과 시대, 개인과 공동체의 운명이 동일한 사회를 의미하는 것은 아닐까? 삶과 시대에 간극이 존재하지 않으며 따라서 더 이상 시를 쓰지 않아도 되는 것이다. 하지만 그것은 말 그대로 불가능한 꿈이다. 이런 점에서 시인이란 불가능을 사랑하는 사람하는 사람인 것이다.

그렇다면 우리에게 시는 왜 필요한가? 나는 이 세상의 마지막 개인으로서 나를 확인하는 것은 물론 나를 증명하기 위해서 글을 쓰고 있다고 말하고 싶다. 다시 말해 늘 깨어 있기 위해 시를 필요로 하는 것이다. 시를 쓰는 순간, 시를 읽고, 시를 생각하는 시간 만큼, 나는 이 우주 안에서 나의 존재를 확인할 수 있고 스스로 설 수 있으며 행복이라는 만족을 만끽할 수 있는 것이다.

최경식 시인의 시집 〈세월 따라 낙엽처럼〉도 그런 맥락에서 해답을 찾을 수 있다. 시인은 자신의 존재를 확인하기 위해 무던히도 애를 쓰고 고뇌한다. 그것은 한마디로 그리움이고 외로운 기다림이기도 하다. 어쩌면 최경식 시인은 온전한 자아로서 자존하기 위해 시를 쓰고 있는지도 모른다.

최경식의 시에서는 무엇이 지금의 나를 형성하고 견디게 하였는지에 대한 끝없는 탐구가 돋보인다. 그것은 개인의 정체성을 되찾는 길이며 문득 되돌아 본 삶에 대한 조용한 외침이라고 할 수 있다.


해가 뜨고 날이 져도

그대를 향한 그리움을
구름에 그려보는
애타는 마음

비가 오고 바람이 불면
그대가 오시는 길
험하지 않을까
근심 걱정에 눈물이
샘을 만든다

보고픈 그대의
젖은 눈빛에 잠기어
잠에 들지 못한다
– 시 〈가슴에 담는 사랑〉 전문

낙엽이 날리는 가을을
간절히 기다리며
(중략)
그대의 가슴에 담긴 그리움이
물안개처럼 아른거리며
눈빛에 담아둔다.
– 시 〈가을 여인〉 중에서

　시인은 자신의 정체성을 기다림과 그리움으로 사는 외로운 존재로 규정짓고 있다. 그것은 마침내 눈빛으로 그 모든 것을 담아두는 것이다. 이처럼 시적 체험의 강도가 아무리 농밀한 것일지라도 그 체험의 밀도를 언어가 감당하지 못하면 시는 불균형을 이룬다. 반대로 빈약한 시적 체험을 언어적 수사만으로 포장한다면 이 시 역시 균열을 일으키게 마련이다.

 시인은 그 체험과 언어의 간극을 줄이는 아름다운 작업이 선행되어야 한다. 바로 시인이 갖는 인식과 언어에 대한 각성이라고 할 수 있다. 최경식 시인은 적어도 자신의 정체성을 다시금 인식하면서 끊임없이 애틋한 그리움과 애절한 기다림을 토로하고 있는 것이다. 이는 어쩌면 우리 시의 전통적인 서정시풍의 화법을 이어가는 언술이기도 하다. 이는 삶의 행간에서 잠시 벗어나 시인 자신의 여백을 들여다보는 작업이기도 하다. 삶이란 이처럼 익숙한 자신에서 벗어나 자신을 돌아다보면서 감춰진 여백을 찾아내는 것이다. 우리는 시인이 이끄는 눈길을 좇아가며 그리움의 여백을 만나는 것이다.

누군가 그리워져
혼자서 걸어가는 길이
지루하지 않아도
그리운 정은 꿈틀거린다

(중략)

여백의 계절에

희망의 빛을 바라보며
지나온 계절을 잠시 돌아보고
또 새로운 계절 속으로 간다
- 시 〈가을은 외로움이 온다〉 중에서

그렇다. 시인은 그리움을 먹고 사는 존재다. 여백의 계절에
희망의 빛을 바라보면서 새로운 계절을 기대하며 노래하는
것이다. 그의 시에는 가을과 낙엽에 대한 시가 유독 많다.
그러함에도 가을이 즐거운 것이다.

일출을 보고 돌아서니
서산에 해가 지고 있네

푸른 옷을 입고 자랑하는 계절
어느새 알록달록한 옷을 입고

멋진 비행을 하며 지난날을
사색하며 바람과 친구하며

은빛 물결위에 놀면서
그대 곁으로 가고 있구나
- 시 〈세월 따라 낙엽처럼〉 전문

노란 은행잎이 깔린
예쁜 길을 걸어가니

내 마음도 따뜻함을 느낀다

〈중략〉

은행잎이 떨어지는 길은
포근하고 즐겁다.
- 시 〈낙엽처럼2〉 중에서

　그는 생을 다할 때까지 세상에 한 번 주어진 생명에 대한
욕심을 부리지 않는다. 다만 가진 것 없지만 가난한 시인
으로서 멋진 글을 써서 자신이 만나는 임에게 행복을 주고
싶다고 말한다. 자신의 삶을 살겠다고 말한다.

좋은 것 싫은 것도
다 가져가지 못하고
떠나는 인생

한 번에 인연
가진 것 없어도
멋진 글을 써서
만나는 님에게
행복을 주며
내 생을 가리라.

또한 최경식 시인은 삶에 대해 달관의 자세를 갖고 있다.

노을빛에 노는가 하면, 도리어 노을 속에서 미소를 갖고 사는 시인인 것이다. 보통 노을의 이미지가 저물어 가는 인생의 처절한 몸부림으로 기억한다. 하지만 최경식 시인은 노을을 희망으로 즐거움으로 읽고 있는 것이다.

왜냐하면 노을빛에 놀면서 / 멋진 삶을 만들어 즐기고 / 내 생에 가서 / 멋진 인생을 살고 왔다고 / 말하고 싶으오.
- 시 〈노을빛에 놀다〉 중에서

노을빛 속에 미소를 찾아 / 노란잎들이 구는 길을 간다.
바람에 날리는 은행잎 따라 / 청빛 하늘아래 푸른 나무들 찾아
푸른 마음 만나러 간다.
- 시 〈노을 속의 미소〉 중에서

여명의 해오름에 / 바다와 하늘을 / 붉게 물들이며 //
솟아오르는 햇살 황홀하게 물들이는 희망의 빛이다.
-시 〈 동행 〉 중에서

그래서 그는 자신만의 아름다운 세상을 꿈꾸면서 나만의 휴가를 즐기고 싶어 한다. 어쩌면 그는 인생을 무상함으로 깨달으면서도 그 가치를 초월하여 행복으로 승화시키는 것이다. 그것은 자기만족으로 자신의 존재를 확인하는 작업이라고 할 수 있다.

흘러가는 세월은 막을 수 없고

애착을 가지는 욕심도 소용없는 것
귀하게 금이야 옥이야 사랑해도
세월에 사라지고 한줌의 재가 되는데

적고 작은 것에 만족 할 줄 알면 행복이
오는 것이며 제명대로 살다가 익은 열매가 떨어지듯이
지금 어디로 향해 가는지
생각하며 재촉한다고 빨리 가는 것 아니며

잡는다고 잡히는 것 아니고 모든 것을 놓아버리고
어떤 삶이 행복인지 마음부터 다스리다 복을 짓는 것은
잘 살다가 가는 삶이라 기록되어 이름이 남으리라.
- 시 〈 무상 〉 전문

 또한 그의 시 〈억새밭에서〉를 살펴보자. 때로는 억새풀
이 되어 노을빛이 주는 분위기에 취해 아름다운 환희에 빠
져든다. 결국은 포근한 행복에 빠져들기까지 한다.




이상에서 보듯이 최경식 시인은 인생을 온유하게 바라보는
시인이다. 노을과 단풍으로 대변되는 삶의 극한 상황을 절
망적으로 바라보지 않는다. 오히려 낙관적인 희망과 행복
을 말한다. 다시 말해 노을을 노을로 보지 않는다. 언젠가

행복의 대상이자 희망의 빛이 될 것임을 꿰뚫는다. 그래서 그는 행복한 시인이다. 낙엽이나 단풍을 바라보는 시간이 절망적인 상황이 아닌 행복한 시간이다. 오히려 창공에 비상하는 새들처럼 여기저기 인생의 여행을 즐기면서 그 묘미와 참맛을 누리는 것이다.

　끝으로 그가 깨달은 '인생의 참맛'을 느껴보자. 최경식 시인이 추구하는 이상이고 꿈이 아닌가 한다.


이제 어느덧 세월을 살다보니
인생이 무엇인가 알 것도 같다.

어둠이 내리는 언덕에서
세월을 돌아보며 옷깃을 스치는
바람과 어깨를 나란히 하는 것

손을 잡고 추억을 펼치면
화려한 명예도 다 부질없는 것
진정 마음의 가치를 아는 것이
참 행복이란 사실을

해지는 노을바다를 보면서
남은 인생을 멋지게 사는 길을
황금빛으로 물들이며

편안하게 세월을 맞이하는

마음의 길을 열어
인생의 맛을 즐겨야겠다.

- 시 <인생의 맛1> 중에서


  그가 삶의 현장에서 겪은 화려한 명예도 다 부질없는 것
으로 깨닫고 '참행복은 진정 마음의 가치를 아는 것'이라고
노래한다. 그가 세상을 그리움과 기다림으로 살아왔듯이
이제는 그의 꿈과 소망이 아름답게 실현되길 기원한다.

# ★ 글벗 작가 시리즈 출판 원고 공모 ★

 계간 〈글벗〉과 도서출판 〈글벗〉에서는 "아름다운 글로, 행복한 세상을" 이라는 목표 아래에 글벗작가 시리즈 출판 원고를 다음과 같이 공모합니다.

**1. 응모 자격**
 참신하고 독창적인 원고를 보유한 신인, 기성작가 및 단체

**2. 응모 분야**
 1) 시(동시)/시조집 : 70편 이내(원고지 400매이내)
 2) 수필/소설 / 동화 : 원고지 800매 - 1000매 내외
 3) 기타 : 동인지, 문예지, 평론집, 자서전 등

**3. 출간 내용**
 - 기본 출판의 경우 30만원은 저자가 부담하고 나머지는 출판사 부담
 - 저자가 소장용으로 구입하는 도서는 5-40% 할인 혜택 부여
 - 전국 주요 서점 및 인터넷 서점, 대학 및 공공 도서관에 도서 유통판매
 - 계간 〈글벗〉과 홈페이지를 통해 해당 도서를 홍보하고 등단 추천

**4. 지원 조건**
 - 출판 계약 후 3개월 이내에 완성된 원고를 제출
 - 도서 출판 및 배포에 관한 모든 사항은 도서출판 〈글벗〉에 일임함
 - '글벗독후감 현상 공모' 저서로 지정, 500만원 고료 글벗문학상 추천

**5. 원고 접수**
 - 접수 기한 : http://cafe.daum.net/geulbutsarang 글벗 카페 참조
 - 이메일 접수 : juhee6305@hanmail.net
 - 문의 : 031-957-1461, 957-7319(FAX)

**6. 심사절차**
 - 원고의 참신성, 독창성 등을 중심으로 심사하여 출간 여부 결정함
 - 원고 접수 후 10일 이내에 심사 결과 통보

글벗시선 25

# 세월 따라 낙엽처럼

**1판 1쇄** : 2008년 3월 31일
**지 은 이** : 최 경 식
**펴 낸 이** : 한 주 희
**편집주간** : 최 봉 희
**펴 낸 곳** : 도서출판 글벗
**출판등록** : 2007. 10. 29(제406-2007-000100호)
**주　　소** : 경기도 파주시 금촌동 992번지 후곡 마을
　　　　　　403동 402호
**홈페이지** : http://cafe.daum.net/geulbutsarang
**E-mail** : juhee6305@hanmail.net
**전화번호** : 031-957-1461
**팩　　스** : 031-957-7319
**가　　격** : 10,000원

ISBN 978-89-960401-0-1 04810세트
ISBN 978-89-93069-29-7 04810